Le Noël délicieux d'Elmo

par Michaela Muntean
et Elizabeth Clasing
Illustré par Tom Leigh

Sesame Workshop MD, Sesame Street MD, tous les personnages et éléments graphiques qui y sont associés sont des marques de commerce et la propriété de Sesame Workshop. ©2005, 2009 Sesame Workshop. Tous droits réservés.

Publié par Presses Aventure, une division de Les Publications Modus Vivendi inc.
55, rue Jean-Talon Ouest, 2ᵉ étage, Montréal (Québec) Canada H2R 2W8

Paru sous le titre original : *Elmo's Delicious Christmas*.

Traduit de l'anglais par : Andrée Dufault-Jerbi

Dépôt légal – Bibliothèque et Archives nationales du Québec, 2009
Dépôt légal – Bibliothèque et Archives Canada, 2009

ISBN 978-2-89660-073-1

Nous reconnaissons l'aide financière du gouvernement du Canada par l'entremise du Programme d'aide au développement de l'industrie de l'édition (PADIÉ) pour nos activités d'édition.

Gouvernement du Québec – Programme de crédit d'impôt pour l'édition de livres – Gestion SODEC

Imprimé en Chine

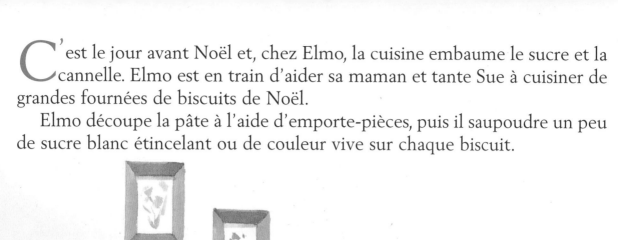

C'est le jour avant Noël et, chez Elmo, la cuisine embaume le sucre et la cannelle. Elmo est en train d'aider sa maman et tante Sue à cuisiner de grandes fournées de biscuits de Noël.

Elmo découpe la pâte à l'aide d'emporte-pièces, puis il saupoudre un peu de sucre blanc étincelant ou de couleur vive sur chaque biscuit.

La maman d'Elmo allume l'intérieur du fourneau pour qu'Elmo puisse regarder les biscuits prendre une belle teinte dorée. Dès qu'ils sortent du four, il tend la main pour en saisir quelques-uns.

« Attends un peu qu'ils refroidissent, puis tu pourras en prendre un seul, Elmo, lui dit sa maman. Nous devons conserver les autres pour nos invités. » Elmo hoche la tête pour acquiescer, mais ce temps d'attente lui paraît très long !

«Elmo peut-il en prendre un *maintenant*? demande Elmo lorsque les biscuits ont suffisamment refroidi. Et allez-vous dire à tout le monde qu'Elmo a aidé aussi?»

La maman d'Elmo lui répond qu'il pourra leur dire lui-même, car, cette année, Elmo est assez grand pour distribuer les biscuits aux autres lorsque la famille se réunira à Noël. Elmo sourit, et choisit un biscuit en forme de renne. «Miam! C'est bon!» s'exclame-t-il.

Tout en rangeant la cuisine, la maman d'Elmo jette un coup d'œil par la fenêtre. «Regarde, Elmo! Il neige!» s'écrie-telle.

«Ouahou! Maman, Elmo peut-il sortir jouer dehors, s'il te plaît?» demande Elmo.

Sa maman dit oui, et tante Sue aide ce dernier à enfiler son manteau et ses bottes. «Voici un foulard bien chaud pour nouer autour de ton cou», lui dit-elle.